主编 凌翔　　　　　　　　新时代精品朗诵诗选

孤帆远影

孙香芹 著

中国民族文化出版社
北京

图书在版编目（CIP）数据

孤帆远影 / 孙香芹著. —— 北京：中国民族文化出版社有限公司，2020.8
ISBN 978-7-5122-1394-4

Ⅰ.①孤…　Ⅱ.①孙…　Ⅲ.①诗集—中国—当代　Ⅳ.①I227

中国版本图书馆CIP数据核字（2020）第164672号

孤帆远影

作　　者：	孙香芹
责任编辑：	张　宇
责任校对：	张嘉林
出 版 者：	中国民族文化出版社　　地址：北京东城区和平里北街14号
	邮编：100013　　联系电话：010-84250639　64211754（传真）
印　　装：	唐山楠萍印务有限公司
开　　本：	710mm×1000mm　1/16
印　　张：	13
字　　数：	120千
版　　次：	2020年9月第1版第1次印刷
标准书号：	ISBN 978-7-5122-1394-4
定　　价：	49.80元

版权所有　侵权必究

暗夜里的一盏孤灯
——读孙香芹诗集《孤帆远影》

贾松禅

初识女诗人孙香芹，是在一位文学编辑的家里。书房里的阳台茶座虽不宽敞，却让人倍感温馨。一张长案，一方泥砚，几盏茶杯，几支柔翰，五颜六色的绘画颜料，几叠湖州宣纸，古香古色的一排书柜，堆满各类经典书籍，茶香伴着墨香，大家关于文学创作的交谈，至今让我记忆犹新。正应了唐朝"诗豪"刘禹锡先生《陋室铭》里的句子："谈笑有鸿儒，往来无白丁。"

我已经很多年不读诗，也不写诗了。

但是，读了孙香芹的诗集《孤帆远影》，我还是想说些话。不为别的，只为春天里飞翔的诗神和黑暗中点燃精神火把的诗人。她的《孤帆远影》，让人在不自觉的阅读中，体验文字审美的愉悦和一个女性诗人婉约、细腻的思想表达。

当年，曾经青春年少的我，一度为诗歌狂热到发烧疯癫的地步。夜以继日地读惠特曼、泰戈尔、普希金、徐志摩、郭沫若、艾青，到后来读顾城、北岛、舒婷，沉浸在诗人用语言营造的至真至美的意境中乐不思蜀。战友、朋友、同学聚会，常常因为谁能背诵出西方某著名诗人某一段偏涩的诗歌，就会拉近彼此的距离。而我也因为诗歌，得到过一个少女柳眉儿一样鹅黄的初恋。因为诗歌，我逐渐和文学靠拢，记住了很多本来记不住的人和事。后来，怎样与诗歌分道扬镳，怎样转入散文和小说创作，连我自己也不知道具体的年月。虽然不读诗，不写诗了，但诗歌给予我生命和文化的烙印是明显而深刻的。

可以这么说，诗歌改变了我的命运，丰富了我的思想，陶冶了我的性情，锻造了我的人格。在我看来，在一袭风雨的人生旅途，诗歌女神一手给我磨难的同时，也一手给了我命运的苹果；让我在品尝人生苦难的同时，也品尝到来自精神王国醍醐灌顶般的幸福。从某种角度来看，诗歌给了我力量。事物相对美的历史长河，组成了事物的绝对美，诗歌给了我一双审美的眼睛，让我终生受益。

我是在风扫梧桐秋雨敲窗的夜晚开始阅读《孤帆远影》的。坐在拥有数千册图书的书房，打开电脑，泡一壶碧螺春，在平静中仔细阅读，眼前不知道为什么就闪现出《诗经》里采桑的姑娘，踏着"关关雎鸠，在河之洲；窈窕淑女，君子好逑"的歌子一路走来。孙香芹的诗，大多都围绕爱情悲欢这个永恒的主题弥漫、挥洒，语境优美，思想深邃，富有古典诗歌的情致和意境。尽管孙香芹的诗歌是受伤心灵在e时代的吟唱，但呈现给读者和受众的却是具体、凄美的形象。她像古典诗词里痴情的姑娘，在竹林里、小河边、桑树下，把心爱的少年苦苦等待。她把生命、激情、智慧、思想都毫不保留地献给了艺术之神，流淌出来的是黛玉葬花的歌声、李清照颠沛流离的喟然长叹。

西方作家纪伯伦用自己的写作经历给诗下了定义："诗是从伤口喷出的歌声。"法国19世纪最著名的现代派诗人夏尔·皮埃尔·波德莱尔又从审美的高度，对诗做出诠释："灿烂的阳光有什么诗意呢？只有那些悲伤愤怒的境界才更能调动人的想象。"诗人牛汉2003年5月在获得一项国际诗歌大奖后，在《我仍在苦苦跋涉》一文中说："我的诗歌只有痛苦没有甜蜜。"我同意上述中外诗人对于诗歌的解释，灿烂的阳光有什么诗意，只有苦难和凄美才能调动诗人的想象，才能激发诗人的情感，才能让诗人产生如冰如火的激情。

　　读孙香芹的诗，我就有这么一种感觉。她将诗歌作为稀有的精神元素，用伤痛的感觉进行艺术表达，将人生孤独、生存恐惧和抗争命运的艺术体验，用充分的想象，进行文化内涵的最大化追求。《梦里乡愁》《长安月光》《风问落叶》等诗就是孙香芹的灵魂在刀刃上跳舞，用一颗受伤的心，点燃孤独的灯火，为人类明天的精神生存而低声吟唱。不知孙香芹是否受到唐代文学家、哲学家刘禹锡独特诗风的影响，在阅读《孤帆远影》过程中，我的潜意识里，自觉不自觉地涌现出《竹枝词》《杨柳枝词》《乌衣巷》以及《百舌吟》《聚蚊谣》《飞鸢操》《华佗论》等诗文的意境，那种"我本山东人，平生多感慨"的刚毅、豪猛之气，似乎贯穿于孙香芹诗歌的始终。刘禹锡屡屡讽刺、抨击政敌，由此导致一次次的政治压抑和打击，这些压抑、打击却激起他更为强烈的愤懑和反抗，并从不同方面强化着他的诗人气质。孙香芹在现实生活中，同刘禹锡有很多相像的地方，她以诗坛"女汉子"的坚毅性格，不怕磨难，不怕打击，不怕非议，不怕冷嘲热讽，无论长诗短诗，似乎都是遭受压抑打击和人生重重苦难后的一次次凤凰涅槃，大都简洁明快、风情俊爽，有一种哲人的睿智和诗人的挚情渗透其中，极富艺术张力。

　　时间总是在无声无息中悄然流逝，可以坦白地说，孙香芹在诗歌的土地上苦苦跋涉，从无一日的偷懒。几乎白天的每一刻空闲，夜晚的每一个梦境，都属于诗歌女神。她把自己的生命、激情、智慧、精神、肉体都毫不保留地献给了诗神。艺痴文必工，可以想象如此忘我追求诗神的人，怎能不得到诗神的青睐？！我望着她厚厚的诗集《孤帆远影》喟然长叹。如果没有百折不挠的精神追求，没有诠释大文化的责任和使命感，是很难做到这一点的。

诗歌是抽象的，美却是具体的。孙香芹将抽象的东西具体化、审美化。真实生活中平俗的东西，经过她的意识审美，竟然点石成金，化腐朽为神奇，这就是她文化与审美的功底所在。在《小巷》一诗中，孙香芹写道："冬天在我的梦里，种下了一片光明和希望。到了春天，我似乎看到那一束爱的光芒，让我陶醉在花的海洋。期待着那迷离幽远的灯光，来把心海轻轻点亮。温暖一颗孤独的灵魂，拯救许下三世的忧伤。"站在精神稀有元素的层面分析，如果没有显现在感性形式中的人的本质力量，是很难有这样深刻感悟的。

孙香芹的诗，尽管有"黛玉葬花"的悲戚，但呈现给读者的是具体的、深刻的、美的意象。一碗水，一场雪，一轮云中的明月，一条小巷，一座城池，一缕乡愁，一生刻骨铭心的母爱，都在孙香芹的笔下，变成了光亮思想的信使，以催人泪下的悲感语境，展现事物千姿百态和形象迥异的真理表达。有的诗，我读了无数遍，尽管我知道孙香芹早已不青春年少，但我无数次地感受到一种青春情怀的感伤，一种流浪春风无可奈何花落去的辛酸与无奈。在互联网的世界里，徘徊在精神黑暗隧道里的人们，每天都在翘首以盼，希望艺术的春草能逐渐覆盖文化的荒漠，让人类的道德走向淳朴的回归，让贪婪、欲望、邪恶、腐败、欺诈等人性里丑的东西、恶的东西逐渐剥离，让善良、仁爱、宽容、清廉等人类善的东西、美的东西逐渐回归，孙香芹的诗正在向这一境界迈进。她在鞭笞丑，讽刺恶，嘲弄假；她在歌颂美，赞扬真，播撒善，她在用忧伤的小草歌唱一个美丽的春天。

美学大师黑格尔在界定诗的本质时指出："诗则一般力求摆脱外在材料（媒介）的重压，因而感性表现方式的明确性，并不迫使诗局限于某一特定的内容以及某些特定的构思方式和表现方式的狭窄框子里。因此，诗也可以不局限于某一艺术类型，它变成了普遍的艺术。可以用一切艺术类型去表现一切可以纳入想象的内容。本来诗所特有的材料就是想象本身，而想象是一切艺术类型和艺术部门的共同基础。"按照黑格尔的理论剖析孙香芹的诗，我们会看到，无论从内容到形式，在意象上缺乏构思的张力和情感表达的冲击力，在语境的锤炼和修饰上缺少一种纯粹性，在人文关怀的悲悯视野上还缺乏民族性和世界性。当然，这一切，丝毫不影响孙香芹诗歌的艺术价值和审美价值。

　　前人论说伯牙，学琴三年，精神寂寞，不知香芹君写诗时是否有同感？

诗之本源

黄藤

　　孙香芹女士要我为她的作品集写几句话。说实话，这不是我的所长，但我还是答应写点文字。不是要为这部诗集或诗人送赞美之词，是想和有诗歌情怀的同人畅怀直抒，谈谈一己之见，请诗友批评。这便是以真情会挚友！

　　诗歌从起源就是人类用以表达情感的最好方式之一，那些最质朴的诗歌都是心意的直接表达。"关关雎鸠，在河之洲；窈窕淑女，君子好逑。""昨日入城市，归来泪满巾。遍身罗绮者，不是养蚕人。""最是那一低头的温柔，像一朵水莲花不胜凉风的娇羞，道一声珍重，道一声珍重，那一声珍重里有蜜甜的忧愁——沙扬娜拉！"无论时代如何变换，文体如何更新，但诗的本质没有变化。士大夫也一样，"路漫漫其修远兮，吾将上下而求索。""日月之行，若出其中；星汉灿烂，若出其里。""问君能有几多愁，恰似一江春水向东流。"无不是个人心志的充分表达。而当诗歌作为一种艺术形式，把技法当作一种追求时，往往就走到绝境，近体诗对格律的无限追求，所有诗人都要按韵书填字，一东二冬都不能错，平仄有讲究，孤平是大忌，拗句有技巧，精美绝伦，也意味着寿终正寝。词便宽松和丰富了很多。白话自由诗无疑是不可阻挡的形式。但当白到了和口语、散文没有了区别时，人们又开始重新探寻了。有韵的、无韵的、直白的、朦胧的、仿古的、重写近体诗的多种探索，至今未能形成超越前人的时代形式。然而主宰诗坛的似乎是朦胧诗和读不懂的文人诗。似乎让百姓读懂了，诗刊、作家就和百姓就没有区别了，自己就称不上专刊和专家了，但离诗的本源更远了。

　　孙香芹不能称为大家，更不是专业文人，但直抒胸臆，至少从这点上值得称赞。她把自己的情感用最质朴的语言直接抒之，"我像一朵漂浮在人海的云，不肯让净白的诗心低入凡尘，不愿让自己的灵魂沾染世间的尘埃，就这样孤独前行，跋涉在唐风汉韵的长安城里，行走在诗歌的青山绿水间，春去冬来世事难料，在四季的风霜雪雨中轮回，就这样苍老了曾经如花的容颜，寂寞了路上的风景，孤独了自己的心灵，痴心不改，坚强坚持坚守在，诗歌的一方净土。""一直想要冲破身上的枷锁，要一片属于大海的广阔。光阴如梭，匆匆而过。时间像一个久远的老朋友。被岁月这把剪刀，一刀刀的划痕划过。又一片片地散落在找不到的角落，才知道，人生除了蹉跎就是错过。才发现，人生其实就是一条单行道，迈开脚步就再不能回头。一路的风霜雪雨，泥泞坎坷。一切只能，咬牙坚持哭笑走过。"作者的热情和追求直达读者的心灵，这便是诗的本源。我们需要一个复古的运动，来复兴我们的诗歌，为诗歌找到方向，让新唐人创造出更多的新唐诗。

目 录

第一辑　长安颂　故乡情

天堂里的书房　002
秦地悲歌祭忠魂　004
千年神树　005
新春诗会畅想　007
长安颂　009
彼岸　011
仰望星空　012
雨花厅畅想曲　014
《诗经》里的女子　016
谁是谁的摇篮　018
城里的月光　020
一弯清泉　021
光影　023
谁在窗前把我守望　024
门前的樱桃红了　026
少陵塬随想曲　027
六月雨　029
乡愁　031

大爱如山　033
与诗同行　035
精美的石头　037
窗外的雨声　039
轻轻地走过故乡　041
清明时节的雨　043
沉沦在这个春天　044
超越梦想　046
清风流年　048
一个人的岁月　050
洛城春色　051
丁香一样的女子　053
红尘彼岸花开　055
孩子，请不要把自己当大款　057

假如城里没有农民工　059
故乡谣　061
废墟上的村庄　063
姑娘走过的地方　065
母亲的爱　067
告别故园　069
煮一壶乡愁　071
无雪的冬季　073
回望长安　074
心路　076

珍爱生命　078
留下来的　080
二姨　082
长安遐想　084
爱的传奇　086
秋思秋语　087
老兵　089
诗里的王者　091
母亲的背影　093
思乡曲　095
生命的呐喊　097
中国心　099
长安女子　100

那山，那水　102
阳春三月雪山行　103
遥望五月　104
泣泪五月天　106
绝唱　108
远行的五月　109
清风明月铸诗魂　110
六一·畅想曲　112
远山竹影　114
背影　116
回家过年　118

月照清泉　120
我站在高山之巅　122
故乡的那条小河　124
我愿是那一朵莲　125
远去的青春　127
送你一片荷园　129
仰望终南　130
茶楼里：唱响人间大爱　131
雨中畅游　133
那山　135
长歌当舞走天涯　137
梦里故乡　138

我的长安　140
乡愁如酒　142
月光下的紫丁香　144
秋夜异乡情　145
一路芬芳　147
四月芬芳　149
迷路的小孩　151
长安秋月光　153
小调如雨　154
我给春天打个电话　155
等待　157
天堂里的父亲　159

向英雄致敬　161
向祖国致敬　163
清明祭英魂　166
梧桐花开的故乡　168
通往春天的路　170
四月暖阳　172
回家的路　174

第二辑　江湖飘零明月心

诗人孤灯　178
诗人孤灯其人其事其文　181
六月的风点燃你我的爱心　184
陕西名家评香芹　186
江湖飘零明月心　188

第一辑　长安颂　故乡情

天堂里的书房

有多少人在这个夜晚
心痛难眠
有多少人和我一样
为了去送您一程
为了再看您一眼
在半夜四点起床
顾不上洗脸来不及吃饭
踏着夜半的月色
匆匆忙忙地赶往凤栖山
拥挤的咸宁厅吊唁现场
您静静地躺在那里宁静安详
任外面的哭声悲鸣
谁也别想打扰您的清静
同样悲痛万分的我
我知道
您的灵魂在另一个国度重生
我知道您根本不想走

您舍不得离开这个世界

舍不得尘世间的芸芸众生

您舍不得那片养育了你的热土

白鹿原的父老乡亲啊

也在苦苦地期盼着先生您回家

白鹿无语，苍天含悲

我知道

您再也迈不动回家的脚步

因为您太累，太累

病痛把你伟岸的身躯

折磨得骨瘦如柴

就连上帝

也不忍看您在病痛中煎熬

才会在四月的春风里

牵着你的手离开

鲜花铺满了通向天国的小路

您带着一路花香一路芬芳

轻轻走进

上帝给你准备的那间书房

我知道您此刻一定在空中

把人世间回望

秦地悲歌祭忠魂

您把自己活成了一部史书
活成了一个神话
活成了一个传奇

您用高尚的人格魅力
征服了这个世界

您以一个老农民式的
真，善，美，
诠释了一个大写的人

您以关中汉子的质朴
赢得了所有人的心

您用一个大写的爱
在百姓心中
树立起一块不朽的丰碑

千年神树

从城里到城外
从慈恩寺到观音禅寺
在秋雨中我追赶着你的身影
追赶着秋天的脚步
只为在最美的时候把你遇见
听人说你是唐王李世民
亲手栽下的一棵神仙树
历史的车轮带着尘埃
落定在那个时代
像一位威武的勇士
不畏寒冷在秋风中
迈着优雅豪迈的脚步
深情款款从唐朝走来

古老的银杏树啊
秀丽壮美的凤凰山
在清泉夕阳的映照下

那醉人的金色
是佛光是吉祥是平安
在天地间护佑着观音寺院

古老的银杏树啊
你宁静安详

像一位穿越千年的罗汉
只为把这古老的寺院守望
当我走近
那传说中的神仙树
千年的轮回中
你的芳华依旧

古老的银杏树啊
你用金黄的叶子
点亮了寺院的秋天
回望历史的丰功伟绩
续写着观音禅寺的传奇
燃烧着生命的壮美辉煌
你！古老的银杏树啊
让寺院的秋天变得诗意芬芳！

新春诗会畅想

我们在诗的海洋里
托起唐朝在新世纪的辉煌
我们在新春的祝福里
唱响春天的旋律

春回大地
我们又一次梦回唐诗汉韵
是《上林赋》的宫阙嵯峨
是班固的浮渭据泾
是李白的宫柳满金枝
是杜甫的三月花街
他们，都在今夜归来
就为赴一场千年等待的诗酒
不负春月绵绵
不负历史的抚慰

我们从远古的长安穿越而来

翻过秦岭，趟过渭河
在新春的集结号下聚集
与王维一起去辋川踏青
与白居易一起去古原赏草
与波德莱尔一起去莱茵河泛舟
与艾略特一起去寻找康桥

此刻
我更想用自己的句子献给春天
献给长安

长安颂

长安啊长安
我把最美的年华献给了你
古老的城墙
见证了昔日的浪漫
多少离愁别恨
多少欢声笑语
留在青春的梦里
回忆的留声机里
是否能
是否能把青春的碎片串起
让我看到往日的美丽
我的长安——我爱你
我要把灵魂嫁给你
千年都城的魅力
唐风汉韵润心雨
一块块秦砖和汉瓦
讲述着五千年的文明与昌盛

记载着你千秋的足迹
古老的长安——我爱你
今生今世守着你
痴心相望在心里

彼岸

再高的树
也触摸不到云的脸
人生的路
总是曲曲弯弯
天上的月
总是圆了又缺
八千里路云和月
奔驰的
列车再远也有终点
山那边的老神仙啊
你总是
像云像雨又像风
你的岸
隐没在白云的缝隙
也许前世
今生早已命中注定
你的心是我今生
永远也
无法抵达的彼岸

仰望星空

仰望
浩瀚无垠的夜空
繁星亮晶晶
闪烁着美丽的小眼睛
你是否在黑暗中期待
点亮晨曦中的黎明

在每一个
黑夜来临的时候
我都会在
窗前的桂花树下
静静地仰望那银色的星空

我执着地寻觅着
寻觅你的仙踪你的身影
希望借你的光明
来点亮心中那七彩的梦

星星啊，星星
你是黑夜里的眼睛
是你在黑暗中
指引着我踏步前行

是你在温暖我孤独的心灵
啊！我梦中的启明星
此刻你是否躲进了
那梦幻般神秘的云层

雨花厅畅想曲

是缘把热爱艺术的人
连在一起
是追求美好生活的心
把大家凝聚在一起
是比金子还珍贵的情
让大家不计得失
甘愿付出
感恩的心啊
感谢有你
让我在畅想丝路的舞台上
收获了友谊，收获了感动
是飞翔的梦想
让我们相聚在
外事学院雨花厅的大舞台
畅想丝路的号角
在七方书院吹响
古老的埙箫

带着一抹大漠孤烟的苍凉

缓缓向我们走来

天道长安帝王将相

傲视八方的威严

让人赞叹喝彩

大唐西市在古老的丝路长安

绽放如花似锦的风采

九月的西安外事学院

在天地间铺开了一幅新画卷

雨花厅外的荷池边

款款深情地走来了一群

美丽优雅的长安女子

她们用唯美的诗歌

把畅想丝路的舞台点亮

来吧

让我们唱一曲赞美的歌儿

为你们骄傲

为你们喝彩

《诗经》里的女子

你不要藏进书卷
请用三叶草编织春信
给三月的云彩
汉书里的风流哟
你不要贪杯醉迷
请用你的竹简
刻镂时间的光碟
送给三月的长安
让我们穿越时空
走向青砖汉瓦的春天

我在写满诗意的长安小巷畅游
在古老的城墙角楼神思回望
回望唐风汉韵的古朴
曾经的辉煌壮美与大气
在历史的长河里源远流长

心随花开
诗意悄悄走来
绽放在诗里的玫瑰啊
就为赴这场诗书打造的盛宴
我已经等了千年

谁是谁的摇篮

蓝天是白云的摇篮
到了晚上蓝天把白云抱着
轻轻地摇
白云就睡着了

泥土是花儿的摇篮
到了晚上
泥土把花儿抱着轻轻地摇
花儿就睡着了

荷叶是青蛙的摇篮
到了晚上
青蛙躺在荷叶上
荷叶把青蛙轻轻地摇
青蛙就慢慢睡着了

妈妈是我的摇篮

我躺在妈妈温暖的怀抱里

妈妈把我轻轻地摇

我在香甜的梦里睡着了

城里的月光

望着城里的月光
想起乡下的爹娘
寒风吹过明月窗
才露情思话凄凉

凝望城里的月光
低头想我的故乡
乡音乡土乡愁长
走遍天涯也难忘

身披长安的月光
怀念梦中的洛阳
洛水长天情意长
万道霞光暖心房

一弯清泉

在心灵深处

为你留一方净土

在净土之上

为你搭一间小屋

在灵魂深处

为自己留一弯清泉

只为洗去那

漂泊红尘路上的尘埃

在心里为你

留一片唯美宁静的角落

绣一轮皎皎明月

把今生

孤独的你来陪伴

让清风托起

我心底的那轮明月

悬挂在你

窗外的璀璨星空

红色的月光上

写满我深情

款款的祝愿

祝福你吉祥如意

岁岁年年

平安快乐幸福到永远

光影

我在一棵树下
看云卷云舒
悠悠白云下花开的灿烂

我在七月的长夜里
任风雨敲打我的心房
听落花诉说着情深意长

我在窗前的红烛下
重温光影里
青春岁月的浪漫时光

谁在窗前把我守望

每当我从你窗外的灯光下
踏着初秋的月光轻轻地走过
不敢停留也不曾回望

不知道你是否一直都在
那扇窗里把我等候

不知道你是否在温暖的灯光下
用深情把我的心海守望

我怕你的柔情把我的梦想阻挡
我怕你的爱会剪断我的翅膀

我怕变成你笼中的小鸟
再不能去天空飞翔

让利箭把我的柔情斩断

背负着故乡的月光

怀揣着乡愁在心房
孤独的脚步走向远方

一寸寸肝肠在秋风中撕裂
一行行热泪在心底流淌

一首伤感的歌曲在耳边重复
流浪流浪，为了心中的梦想
一个人流浪远方

门前的樱桃红了
——送陈忠实老师

门前的樱桃红了
先生却在四月的清风里
轻轻地走了

留下窗外那一树
火红的樱桃
在四月的风中哭泣

一簇簇花儿把您的足迹芬芳
一片片绿叶依依为您送行

您把自己活成了
一座巍峨的高山

您用一颗赤子之心
把自己活成了一座丰碑
敬爱的陈老师一路走好

少陵塬随想曲

唱一曲诗里长安桃花塬
我终于来到了少埝塬上
与各路文人墨客
相聚在六月的诗意长安
怀念作古的诗圣先贤
黄土地黄种人共铸诗里长安魂
听人说李白杜甫
曾在这少陵塬流连忘返
遥望那崔护题诗的桃花田园
三月里的桃花啊
你染红了古往今来
多少长安女子的娇媚容颜
人面桃花的故事流传了几千年
塬下是古色古香的春风道观
一行人随道长茶房小坐
道长说道观的师爷淳风尊者
在此塬悟道修炼成了神仙

闻此言不由我心花怒放
呼小兰
归南山隐少陵也来修炼
别了红尘别了名利
远离是非恩怨
来，来，来

各位文豪才女诗仙
我们结伴而行走进少陵塬
快快来把凡胎肉身来修炼
寄希望你我在
诗意盎然的圣地大长安
将来以后都能够得道成仙

六月雨

清晨的小雨中

匆匆走过

故乡那条熟悉的小路

这条路啊

是我儿时上学每天必经之路

这条路留下我儿时的美好时光

少年时求学立下的梦想

遗留在这条曾经泥泞的乡间小路上

梦想从这里起飞

这条路

承载着我太多太多的回忆

上学路上多少欢声笑语

洒在小路上的春秋四季里

而今走过这细雨蒙蒙的小路

低头前行走过废墟上的村庄

不敢再把故乡回望

不知道这伤心的六月雨
是否在为远行的游子
依依送行

乡愁

倾我一世哀愁
灵魂在思乡的小河里漂流
抒写着诗里的悲喜孤独
怀念着儿时的洛城神都
留一块心灵深处的净土
头枕着秦时的明月
凝望着星空泪流
漂移在寂寞的苍穹
你是否也在寻找着自己的归宿
无边的长夜孤独
乡愁在梦里游走
听着那蛙声蝉鸣
数着那星星入梦
驱逐着思乡的孤独
弯弯的柳叶眉头
锁住了谁的哀愁
流浪在长安的岁月里

期盼着四月的烟雨神都
邀你共赴一场
牡丹酿造的盛宴美酒
让我醉在这美丽的乡音乡土
卸下我心灵深处
那背负了二十余年的乡愁

大爱如山

为什么不肯离开这片贫瘠的土地
因为有海一样的深情在心底
为什么不趁着年轻
去看看外面的世界
因为这里流淌着你我的血脉
还有那如山一样厚重的爱
望着孩子们求知的双眼
又有谁舍得离开
蔚蓝的天空下
映照着孩子们纯真的笑脸
幼小的心灵啊 是多么渴望
用知识把外面的世界打开
去看看城里的风景
为了大山里的孩子
敬爱的老师们用青春和汗水
诠释着对山区孩子们无私的大爱
为什么要守着山一样的孤独

蓝天下耕耘着希望
白云下播种着梦想
落驾的山山水水
留下了您们的足迹
落驾的父老乡亲
铭记着你们的功绩
我要用一缕暖阳
温暖照亮脚下的这片土地
你们用深情眷恋着这片土地
你们用大爱谱写着一曲曲人间最美的赞歌

与诗同行

跋涉在诗歌的路上
与诗同行的人们
我深深地知道
你和我
我们都付出了
太多太多的努力和汗水
泪水与艰辛

幸运的是
我遇到了很多德高望重的老师们
还有亲爱的朋友们
你们都在无私地帮助我
推着我一路前行
我亲爱的朋友们
尊敬的老师们
你们都是我生命中的贵人

无论与诗同行的岁月多么坎坷

我们都要咬紧牙关

迎着风雨一路高歌

坚强坚持

以感恩的心笑着前行

去追逐金色的太阳

去追逐诗里的梦想

精美的石头

诗人啊！你要坚强
如果怕受伤
就用石头给自己的心
做件衣裳

诗人啊！你要坚强
因为你是诗人
偶尔也很风光
你把眼泪悄悄地锁进心房
有痛有苦也不敢声张

诗人啊！你要坚强
你把伤悲收起
藏在长安城墙的缝隙
别人看见的只是春风得意

诗人啊！你要坚强
别人当你是
不食人间烟火的仙人
你把血泪研磨当酒喝

诗人啊！你要坚强
白天你必须披上
那件花美的石头外衣
只有在清凉如水的黑夜里
任自己的灵魂滴血流泪

窗外的雨声

听着那窗外滴滴答答的雨声
还有那燕子叽叽喳喳的叫声
此刻寂寞的心灵
像掉进了冰冷的时空
灵魂被孤独围了个水泄不通
为什么没有了你的踪影

反复把手机握在手中
寂寞和孤独就像这四月的清风
我是多么多么地期盼着
能听到你熟悉的电话铃声
失望的人儿无奈的心情
就让那红尘里的一缕清风
陪我去看人世间的春夏秋冬

就让那天上的小雨
陪我去滋润万物大地

就让那浩瀚无垠的苍穹
收尽我万般无奈的柔情
就让那夜色做我的嫁衣
守着那长夜的红烛在月光下等你

轻轻地走过故乡

走过废墟上的村庄
难寻往日的美好时光
疯长的野草把土地荒凉
乡愁在四月的风中
繁衍着我的无限惆怅

熟悉的街头巷尾
曾经的风轻云淡
拆迁把我的故园改变
轰鸣的挖掘机刺耳
乡愁被连根拔断
故乡的一草一木
失去了一片云天

轻轻地
走过我梦中的小村庄
心中留下无尽的忧伤

故乡啊！我的故乡
到哪里去寻找你的模样
往日的田园风光啊！
乡音在我的梦里回望

清明时节的雨

清明时节的雨里
我活着会呼吸
在这个四月的长夜
我分明感觉到
我的灵魂
在绝望中早已经死去

不该相遇的人
无奈地聚在了一起
走错了路便无法回头
入错了门就再也逃不出去

就这样——
任灵魂飘零在寂寞的海上
风为我悲鸣
雨为我垂泪
天让我做了黑夜的孤魂
不知道我的心啊
是否能支撑到天明

沉沦在这个春天

行走在流光溢彩的三月里
看桃红在泛绿的枝头
灿烂绽放着迷人的笑脸
杨柳在轻风中舞动腰肢
就连那南飞的大雁
也迷失在回家的途中

驻足在三月的春风里
在这繁花似锦的春色里
忍不住这美景的诱惑
我颓废我徘徊
我的诗笺
在春天的美景里黯然失色

那个曾经诗情画意的女子
就这样被三月的桃花诱惑
我像一朵流浪的云

沉沦在长安的俗世红尘
不为诗痴不为书狂
不为月缺花残而感伤

曾几何时错把长安当洛阳
游子的梦里是否有两个故乡
那就是我魂牵梦绕的故乡洛阳
还有我深深爱着的西京长安

超越梦想

人生其实就是一场苦旅
灵魂借助我们的身体做庙宇
在不断的修悟中
去完成今生的使命
那就是责任义务担当
爱心良善孝行

横渡在漫长的人生海洋里
谁没有孤独过
攀登在陡峭的悬崖峭壁上
谁没有受伤过
行走在茫茫红尘的江湖上
谁没有伤过痛过累过哭泣过
决不能像个毒气弹
四处去排放我们的不良情绪

心灵的创伤

还得靠自己用坚强的意志慢慢去医治

路

还得靠自己一步步向前走

家家都有一本难念的经

不要以为别人都活得轻松如意

成熟的人大多都戴着面具

人生教会了他们把伤口捂紧

用笑容满面伪装自己

乐观的人懂得

把伤口用尘埃掩盖

洒下希望和快乐的种子

风雨人生让我们微笑着往前走

清风流年

让清风把流年吹奏成一首歌
婉约成异乡流浪的一枚花朵
当黄昏的一弯明月
挂在浩瀚无垠的云河
云的梦想
又被闪烁的星光点燃

曾几何时
漂泊的我听着雁塔的晨钟暮鼓
停下流浪的脚步
让灵魂驻足在城市的角落
开始在古长安
寻觅历史留下的遗迹

用青春和生命去探索
用激情和梦想去追逐
扎根在这片古老的黄土地

去解读诗里的盛世 长安夜未央
给世人留下的辉煌

我以一个赤子的情怀
爱上了这座城池
以一个游子的爱恋
迷上了长安的秦山渭水
以一个少女的情怀
深深地爱上你了

一个人的岁月

过尽千帆洗尽铅华
只为给灵魂
寻找一个宁静的港湾
远离故园漂泊异乡
只为抵达彼岸的桃花源

一个人的岁月
饮尽了思乡的孤独
只为静静欣赏
梦中的碧海云天
流浪的脚步
一刻也不曾停留

轮回的岁月见证了
我的悲喜与哀愁
为了寻找一份
心灵的宁静自由
异乡的春秋
不知不觉中染白了游子的头

洛城春色

万物复苏春满洛城
我在风和日丽的四月天
重回故园
故乡已经成了一片废墟
泥土的气息扑面而来
绿油油的麦苗长势喜人

故乡的三月风轻云淡
看悠悠白云从头顶飘过
也从外地回到了故里
失地的父老乡亲
租居在邻近的村庄
母亲偶遇村里的老人

亲人相见几度哽咽
诉说着异乡生活的孤独难安
千百年流传下来的习俗

习惯了坐在门前街道
与街坊邻居家长里短话温暖

拆迁啊
昔日的乡里乡亲难相见
几回回驱车村外匆匆过
不敢再看一眼废墟上的家园
忆起往事让人伤感
故乡啊
你已改变了往日的容颜
漂泊的游子
失去故乡的村庄
何处安放我的灵魂
何处安放我梦中的乡恋
问悠悠白云
我梦中的故园
你是否藏进了云朵的缝隙

丁香一样的女子

你把自已低在尘埃里
埋在泥土里
像山花像小草
默默地芬芳着大地
不与花争艳
不与蝶争春
用心灵之泉轻轻流淌出
一曲曲生命的赞歌
像兰一样高洁美丽
不攀权不逐贵
丁香一样的情怀
婉约地透着知性女人的魅力

遨游在文字的海洋里
默默传递着真善美
名利场上的绝缘体
在淡淡的书香里

抒写着诗里的春秋

轮回的岁月里
素笔描绘不老的传奇
长安文坛留下你的足迹
丁香一样的女子啊！
诗与你，清香四溢

红尘彼岸花开

游走在红尘的最深处
脚踏在现实的土地上
俗世的尘埃将我的孤独掩埋
灵魂在浩瀚的沧海漂泊
我知道流光溢彩的青春将不再来
期待那飘落的雪花将过往掩埋

梦里的风景啊
时常在夜半把心儿唤醒
梦想的彼岸啊
在远方把我召唤
突然，一个声音
从遥远的国度传来

啊！来吧
别让红尘麻木了灵魂
彼岸的春天 彼岸的人

彼岸的风景等你来
彼岸的花儿为谁开
彼岸的人啊等谁来？！

孩子，请不要把自己当大款

孩子，请不要把自己当大款
大手大脚挥霍着父母的钱
任意潇洒挥金如土
你可知道父母挣钱的艰难

孩子，请不要把自己当榨汁机
为攀比去买那些奢侈品
打肿脸充胖子
你可知道消费的全是父母的血和汗
孩子请不要
把父母当成提款的机器

你可知道父母省吃俭用供养你不易
也许，你的父母并不为钱所难
挥金如土的消费
再多的钱也会用完
你是否会汗颜？

孩子，请体谅父母

记住，好男儿志在四方

有孝心有责任有担当

为父母撑起一片天

人生路上要靠自己去闯关

幸福美好的生活一定能实现

假如城里没有农民工

假如农民不再进城
假如城市里再也没有了农民工
城里人的生活将会是什么样
马路将变得脏乱不堪
垃圾将会堆积如山

天南海北的美味小吃随之不见
早市上没有农民工的影踪
超市的蔬菜将贵得要命
城市的快速发展
进城的农民工功不可没
请善待你身边的他们

干着最苦最累的活
住着阴暗潮湿的屋子
为了生活远离亲人
他们孤独地在城里打拼

请把他们当作
和你一样平等的人

不要歧视
不要排斥农民工
他们是我们的父老乡亲

故乡谣

故乡在游子的心中
永远都是最美的风景
最温暖的地方

最是难忘故乡情
最柔软的地方
是亲情

最纯净的地方
是养育我们的故乡
让我们魂牵梦绕的
乡音乡情乡邻

月是故乡圆
人是故乡亲
水是故乡甜

最牵挂的地方啊

永远是故乡

那里住着我们的爹和娘

废墟上的村庄

废墟上的故乡
寻不见梦中的家园
冬日的夕阳
埋葬了乡愁里的童年
拆迁埋没了我的家园
乡愁就这样被连根拔断
温暖的回忆梦断拆迁

不知道新家在何处安
熟悉的村庄渐行渐远
废墟上的残砖 消失的故园
断了我所有的念想和梦中的温暖
奶奶的笑脸 温馨的小院
多少次梦里把游子的心温暖

故乡,故乡!
多少次梦里把你回望

故乡啊！故乡

我的母亲

多少次深情把你呼唤

而今我再次回到了故乡

沧海桑田世事变幻

故乡已改变了原有的模样

我的故乡啊

就这样消失在岁月的缝隙里

漂泊的孩子

站在废墟上的故居

光影里的故园多么清晰，温暖美丽

忍不住的眼泪在脸上飞

废墟上的故居

悲哀着我的心扉

泪光中的回忆

哀伤着故乡的土地

故乡啊，故乡

让我如此难忘

废墟上的故乡游子断肠

故乡啊故乡

乡愁里多了一份苍凉悲壮

故乡啊故乡

怎能把你遗忘

姑娘走过的地方
——游泾县茯茶小镇

姑娘走过的地方
茯茶飘香一路芬芳
放飞梦想
在小镇回荡

姑娘走过的地方
追逐光明和太阳
让梦想和美丽在春风中
展翅飞翔

姑娘走过的地方
叮咚的泉水奏出美妙的乐章
她宛如流淌的小河
在夕阳下纵情歌唱

姑娘走过的地方

鸟语花香把春天的旋律唱响
姑娘走过的地方
结着愁怨的丁香
还有那挥之不去的惆怅

母亲的爱

母亲的爱
让我浮想联翩
母爱如酒
酒里有化不开的乡愁

母爱如山
心里装满了对儿女的思念
母爱是雨中的小花伞
陪我走过了风雨童年

母爱
是煤油灯下
纺花车上的线

母爱
是我脚上的老棉鞋
一针针、一线线

包含着母亲最深的爱

母爱是什么?
是千万次的叮咛
是永远走不出的浓情

告别故园

默默地点上一炷香

告别列祖列宗

离开我们的故乡

灵魂随漂泊的子孙去流浪

不孝的子孙们啊

愧对你们

无力把故园永远守护

流着眼泪把故乡遥望

这是灵与肉的剥离

从此后心灵无依

乡愁从心底连根拔起

漫天的雪花也流泪

天知道我们的惆怅

悲悯的在寒风中哭泣

莫离，莫离

从此故园无踪迹

莫离，莫离

谁舍得把家园舍弃

煮一壶乡愁

想家的时候

煮一壶酒

他乡月光壶里游

烈烈美酒烧胸口

饮不尽我浓浓的思乡愁

想家的念头像一杯酒

微醉灼眼眸

思亲的泪水脸上流

化不开的乡愁锁眉头

今夜让风儿带我走

双手托起那酒中月啊

请代我回故园

捎去我深情的问候

还有我美丽的乡愁

思乡的人儿情悠悠

今夜的月下泪长流

梦里的故乡啊

你可知我的愁

乡音乡愁是一杯酒

煮一壶月光

如月的美酒

漂泊的游子啊

最爱这杯酒

夜深人静的时候

饮尽乡愁里的那份孤独

无雪的冬季

在这个无雪的冬天里
夜半的寒风像幽灵一样
不时发出凄厉恐怖的尖叫
拍打着我的门窗
撕裂着我的心房

寂寞的灵魂
想要在狰狞的风中
找一处避风的港湾着陆

问天地
哪里有温暖把心安放
问明月
谁能把我的孤独拯救
问红尘
灵魂在哪里可以停留
问四季
谁人在轮回中把我等候

回望长安

悠悠岁月尘封了那个金弋铁马
英雄浪迹的时代
留给我们的是古老的历史斑痕
与辉煌而又沉重的梦想
历史的车轮带着远古的风尘
承载着千年的辉煌
排列有序的方阵
从秦时的临潼地宫
威武雄壮地向世人走来
尘封的历史揭开了往日的精彩

傲立于世的兵俑随着壮美的画面展开
无须过多的表白
我们老祖宗的聪明智慧不再深埋
中华民族的大气豪迈让世界惊叹
五千年华夏文明代代传
昂首阔步走向新时代

大雁塔和钟楼屹立在城墙内外

古老的大神州从远古走来

携一幅人间春秋在天地间铺开画卷

大长安的儿女纵情高歌

挥笔续写下天地传奇

心路

晚点的车只有一趟
伤心的人只有我一个
独坐在洛阳火车站大厅
望着熙熙攘攘的人海
眼泪像断线的珠子
忍不住掉下来

寒冰刺骨的冬天
无情地降临到洛城
融化在风中的冰雪啊
你冰冷了我的亲情
满怀温暖和幸福归来
亲情把我漂泊的心灵
深深地
深深地挥刀把我刺痛

晚点的列车只有一辆

漂泊的人儿只有我一个

孤孤单单

眼泪往下滴

无情的亲情让我痛彻心扉

莫回望,莫回望

回望故乡断我肠

珍爱生命

在这个寒冷的冬季
又一个年轻的生命
积劳成疾倒在了工作岗位上
抛下了年轻的妻子
丢下年迈的双亲
还有年幼的儿子
就这样抱憾离开了这个世界

目睹白发人送黑发人
人间大悲
悲伤着这家人的悲伤
哀叹着这家人的不幸
围观的大爷大妈们
也忍不住流下同情的眼泪
我们在惋惜的同时
是否
也该好好地反思自己

我们要工作要生活
还要有一个健康的身体

当人把自己变成了机器
拼命地挣钱

以身体为成本
以生命为代价
拼命透支
谈何安全第一

当你的身体
亮起红色的信号灯
请你切记
好好休息
当你的生命之钟
再也无法启动时
最伤心的是你的父母
最可怜的是你的妻儿
纵然挣下再多的钱
对倒下的人而言
也不过是废纸一堆

留下来的

精灵般的诗里

舞动着不死的灵魂

如果我——

在黑夜里死去

那一定是

魔鬼杀死了我身体

自由的灵魂

与日月山河大地同辉

如果我

在黎明前死去

请不要为我哭泣

那死去的只是

我的躯体

不灭的灵魂

与日月共存

笑着去追逐这光明的大地

青色的墓碑

抒写着诗里的玫瑰

还有那放飞的灵魂

重生的记忆里

刻下了自由

光明和美丽

二姨

又一位长辈离我们而去
又一个亲人
在寒冬来临的十月
离开了这个世界
从此生死永诀
再也听不见你的声音
再也看不见您慈祥的脸
十月的小雨悲伤了空气
这个雨季被悲伤占据
思念的泪水让黑夜变长
您的离去让亲人悲泣
我敬爱的二姨
我至亲的长辈
不能回去送您最后一程
未能见您最后一面
这是我心里最大的遗憾
我挚爱的亲人

我敬爱的二姨

刚刚从母亲的电话里

得知您离去的消息

我在西京长安

忍悲流泪写下这段文字

默默祈祷二姨一路走好

天堂里没有饥饿

没有病痛的折磨

一路走好,二姨安息吧

长安遐想

一曲空灵忧郁的古筝
让我的心灵在古城墙根驻足
深秋时节的城墙
此刻宁静悠然
流浪的人儿
沉浸在这深秋的静美时光中

在深秋的长安
我用深情把我的唐朝怀念
意念中的唐朝恍然再现
任秋风把流动的光影缠绵
依靠在城墙的边缘
就这样倾心聆听着
时断时续的琴弦

不知道那弹琴的人
是否也像我一样

把唐朝怀念
唯愿我的心之弦
安静地奏一曲盛世长安

我要把美好的爱恋
还有那诗意的汉唐
用挚爱庄严
大气唯美的语言
给古老的长安点赞

用深情的画笔
把碧波环绕的城河
城墙的壮美呈现
雕刻那——
神话里的大唐长安

爱的传奇

窗外北风呼啸
飘落的秋叶
把相思的惆怅勾起
远方的人啊
你在为谁痴迷
谁在你的心里驻足
午夜的梦里
谁在月下等你
谁在秋天的风里
为伊弹一首
爱的神曲
谁在空寂的城里
等待那爱的奇迹
愿来生的轮回中
续写海枯石烂
爱的传奇

秋思秋语

我在深秋的风中等你
在冷冷的雨中念你
风儿凌乱了我的长发
秋雨打湿了我的思绪

一年又一年
四季在轮回中远去
一天又一天
青春在四季中老去

在流年似水的光阴里
在日月交替的光影里
生命中心与心的相遇
在缘来缘去的红尘里

有的人聚了又散
有的人来了又去

有的人走了将不再回来

有些缘一擦肩便是永远

——人生匆匆,珍惜那些走进我们生命里的人

老兵

因为当过兵
您的军礼啊
是如此地——震撼我
六十七年的寻找啊
只为再续那——
亲如兄弟的战友情

因为当过兵
您心里珍藏着
阵亡烈士的姓和名
六十七年的记忆里
您亲手埋葬的战友啊
一刻也不曾——
被岁月抹去

今天的幸福
是烈士用生命和鲜血换来

问候一声老兵——
我亲爱的兄弟
国家和人民会永远感谢您
青史里铭记着——
您的丰功伟绩

因为当过兵
您标准的军礼
把我深深地感动
心中珍藏着那份
革命路上战友情
感恩您、感谢您
敬爱的老兵
崇高的军礼
献给您

诗里的王者

诗里有什么
诗里有——
醉卧江湖的快意
诗里有——
儿行千里母担忧的牵挂

诗里有什么
诗里有——
流浪异乡几多孤独哀愁
诗里有——
花开又落几度春秋

诗里有什么
诗里有——
侠骨柔肠的儿女情长
诗里有——
一腔赤胆忠心报国志

——我们在诗里哭，在诗里笑
——我们在诗里呐喊，在诗里歌唱
——我们在诗里纵情高歌
抒写着人生的喜怒哀乐
我们在诗里挥剑驱魔
诗人以笔代刀把黑夜驱逐
真正的诗人，执守正义良善大爱
肩负道义责任担当
诗人的灵魂在火中舞，在痛中歌
诗人啊诗人！你是诗里的王者

母亲的背影

又到了离开家的时候
又要离开母亲他乡走
不敢看您的背影
不敢看您的脸
我知道
妈妈您又把眉头皱
我知道
您的眼里含着一弯愁

难舍难离我的故土
还有家门口的那棵柳
不想走还得走
含泪走出了家门口
远行的孩子啊
一步三回头

可怜我那白发老娘啊
独坐床头把泪流
您弯曲的背影啊
就像咱家那棵柳
妈妈呀妈妈
我慈祥的老妈妈
您千辛万苦把儿女养
累弯了腰身白了头发

妈妈呀妈妈
我亲爱的妈妈
您的恩情难报答啊
无论我走多远
无论我飞多高
妈妈呀妈妈
我永远都是您心里
最牵挂的那个娃

思乡曲

一

我用眼泪告诉您
今夜我又醉
我在月下诉心语
秋风潇潇断了谁的魂
切切思乡意
我在长安望洛阳
弹一支神曲送给您
浓浓相思起

二

秋天在风里弹起那思乡曲
亲爱的亲爱的妈妈啊
我想您

冷冷的雨中起寒意
想起母亲我泪眼迷
想起妈妈您呀
我有愧意
都说那养儿能防老
而今儿却飞到了他乡去
孤零零的爹娘呀把谁依
病了痛了我回不去
想起您风中的白发
异乡的梦中我泪如雨飞

生命的呐喊

一心想要一份生命的洒脱
固守着誓言不破
一直想要冲破身上的枷锁
要一片属于大海的广阔
光阴如梭
匆匆而过
时间像一个久远的老朋友
被岁月这把剪刀
一刀刀划过
又一片片散落在找不到的角落
才知道人生除了蹉跎就是错过
才发现人生其实就是一条单行道
迈开脚步就再不能回头
一路的风霜雪雨
泥泞坎坷
一切只能咬牙坚持哭笑走过
直到永远的永远

成为无法改变的永恒
匆匆而过
其实最终我们只不过是人海孤独客
匆匆而过
你我皆是客

中国心

我把自己的心
绣在国旗上
让心儿与祖国
同呼吸
共命运

我把自己的心
放在地平线上
血研墨
骨做魂
为民呐喊写赞歌

我把自己的心
埋在泥土里
让它与人民
心相连，手相牵
铸成中国魂

长安女子

古老的大长安
有一群美丽的女子
用婉约或豪放的笔墨
潇洒抒写着人生的华章
快意张扬着诗里的美丽

你深邃的思想
挥洒知性的光芒
天马行空的
行走在诗书里的汉唐
为古老的长安添彩增光

是你是你还是你
用文字留下永恒的美
用书香熏陶女人的魂
用诗书点亮长安夜

岁月荏苒风采依旧
美丽的长安女子
用书香谱写着一曲曲
激情四射的青春之歌
岁月的长河里
芬芳着你的足迹

纵然霜染白发
书香里的长安女子
你的美早已刻在了四季的风景里
赞美你
一群优雅婉约
深情豪爽的长安女子

是你是我还是她
从唐风汉韵里迈着优雅的脚步
款款走进新时代的文坛
共赴一场诗书打造的盛宴

那山，那水

风
穿过唐朝的夜
披着秦时的霜
掠过秦岭山
日夜不停
驻足在你的门前

时而，低吟浅唱
抚慰你梦中的乡愁
时而，盘旋飞翔
月瘦，影清
那山，那水，那松
映衬着你背影的苍凉

阳春三月雪山行

虽然我仍然
行走在冰冷的风雪之中
我站在高山之巅
分明看见了春天
伏耳倾听春天的脚步
满怀激情张开怀抱
去拥抱属于我的春天
拥抱大地，拥抱蓝天
拥抱这净美的空气

我把烦恼还给了秦岭雪山
心怀感恩的洛阳女儿
我把云朵带回到长安
雪山之上，秦岭之巅
我是佛的女儿
我要把云的快乐
雪的洁白带回到我的长安

遥望五月
——念屈原

五月是个
激情绽放的美好月份
五月也是个
怀古念旧的月份
爱国诗人
一代天骄屈子的纵身一跳
怀着难酬的报国壮志
含恨投江而去
留给中华民族的不仅是
壮怀激烈的诗篇
更是一座不朽的精神丰碑
站在辽阔的中原大地
思绪悠悠穿越千年
五月啊五月
遥想那位叫屈子的伟大诗人
一定在苍山白云之端

深情地把人世间回望

看今朝国泰民安盛世大中原

华夏锦绣万里河山壮观

一定会含笑问天

再写一部史诗

把美好的祝福送到人间

泣泪五月天

落笔处

泣血含泪句句断魂

在这个五月的清晨

素不相识的文朋诗友们

大悲无语中

敲击着冰冷的键盘

用真挚的心，温暖的情

安抚着你可怜的父母

可爱的天使啊

你怎么忍心在人间最美的

四月天里

离开了人世间

离开疼爱你的爹娘

你怎么忍心，让你的父母

白发人送别黑发人

长天为你悲悯

日月为你哽咽

为一朵凋零在四月的花朵
为一位如花的少女送行
孩子，通往天堂的路
开满四月的芬芳
孩子你慢慢走，慢慢行
我想那天堂里
一定没有泪水没有忧伤
奈何桥上你一定要记得
把父母和亲人来回望
孩子啊孩子
请你忘记那四月天里的
痛和伤
借一缕清风陪你入梦乡
借一片五月的暖阳
陪你去天堂
这五月里的悲雨
是为美如天使的你送行
雨声，哭声，呼唤声
喧嚣的人世间啊
也未能唤醒你沉睡的梦
愿天堂里没有车来车往
愿你如花的生命
在极乐净土重生

绝唱

夜
孤独着谁的
似水柔情

风
让谁人的思念
在长安断肠

月
映照着谁人脸上
前世今生的无奈忧伤

灯
妩媚着谁人
眼眸里的情深义长

琴
为谁弹起了
天长地久的绝唱

远行的五月

为风雨中
即将远行的五月
唱一首温暖的赞歌
吟一首爱的小诗
向昨天告别
去拥抱诗里的远方
昨天在热带季风的雨林里
慢慢走远
成长的痛终究会离开生命
未来的梦
才是你我追逐的彩虹
蹉跎的春天
让我的梦
在五月里重新启程
擦干脸上的泪
缝合心灵的伤
迎着风雨向未来前行

清风明月铸诗魂

你像一道雨后的彩虹
划过浩瀚的天空
划出一道最美的风景
划出诗意的风情

云为你点赞
风为你喝彩

一个独一无二的你
一个豪情万丈的你
一个率性本真的你
一个清风明月般的你

云中仙鹤,木兰女子
是肯定
是认同
也是赞美

牢记家训，不忘初心
一身清风，傲骨铸诗魂

六一·畅想曲

带着关爱，带着笑脸
走进美丽的西何校园
佩戴上那久违的红领巾
仿佛又回到了当年的校园
随着快乐的音律节拍
孩子们翩翩起舞
古韵悠悠的相和歌
把人们带到了
端午对诗的长河
清音入耳的《弟子规》里
走来了一群
唱脸谱的小天使
悠扬悦耳的小提琴
奏响了渔舟唱晚
是谁的摇篮装满了
孩子们的美好心愿
瑶山夜歌里

挥洒下园丁们辛勤的汗水
唐诗新唱
唱响了夏日的生活节奏
古筝曲演绎着
美轮美奂的青花瓷
来吧
让我们带着爱心走进西何
共享一场
家国情怀的六一赞歌

远山竹影

不想让心在
飘零的
落叶中哭泣
不忍看
你清寞的仙影
孤单单前行

望着你
渐渐远去的背影
隐没在远山竹林
眼含热泪
转身去借一片
天上的霞光
温暖你
孤独的灵魂
伴你隐入山林

前行的路

素心如月悬挂在

浩瀚的星空

一抹温柔的月光

洒落在

你走过的地方

不远不近默默地

把你凝望

悄悄地陪你前行

背影

你远去的背影

在山的尽头

飘飘然然越走越远

你把落英缤纷的日子

抛给这万丈红尘

你心里是否有一个梦

这个梦时而清晰

时而朦胧，转身千年

路边的野花依旧灿烂

不知道你心中

是否也曾有一朵清莲

她为你摇曳在梦中的楼兰

无法挽留你远去的脚步

雨中深情凝望着你的背影

消失在终南仙境的楼台

静夜守望着你梦中的孤单

兄弟啊我的兄弟

你一定是我前世的亲人
望着你孤寂的背影
走向远山的彼岸
此刻姐姐我真的好心疼
是什么让你心如止水
又是谁让你把心门紧闭
决绝地把前尘旧爱掩埋
是什么把你推向了世外沧海
默默地祝愿你脚下生莲
心花灿烂吉祥平安

回家过年

过年
让所有的人回归故土
过年
让所有的人
放下工作回归到家园

中国年
凝聚着中国梦中国魂
中国年
让所有的游子像迁徙的候鸟
从南到北
万众一心只为回家过年

匆匆忙忙的脚步
只为一个目标
奔赴久别的家园
回家团圆

欢欢喜喜过大年

故乡的春天
羞答答地露出笑脸
在风中的枝头
把游子召唤
热气腾腾的年夜饭
在炊烟中
慰藉着你我的心田
这一刻所有的乡愁
在酒杯中
散发着喜悦和甘甜
有钱没钱回家过年

月照清泉

即便是站在流光溢彩的舞台上
花落于无声处
月照于清泉上
我的内心
仍感到万般的孤独

飞扬的生命
只有在诗歌里
灿烂美丽
畅游在诗歌的海洋里
心灵才能抵达最快乐的彼岸

我与这繁华世界
像隔了一层纱
隔了万重山
人生路
诗歌与我的生命紧紧相连

诗意的种子
早已根植于灵魂深处
像一壶清泉
在岁月的长河里
一点点，一点点
融进我的血液里

也只有在诗里
我才能感知到生命的温度
墨清香兰
抒写着人生的冷暖
慷慨激昂阔步向前

悲声长叹
是灵魂深处的呐喊
幽幽怨怨诉说着
人生的喜怒哀乐
悲欢离合

我站在高山之巅

我站在高山之巅
仰俯日月浩瀚
我把我的梦想托给了云天
剪一缕清风
与泉水共缠绵

我站在蔚蓝的大海边
把灵魂安放在深邃的天地间
掬一朵浪花
浇灌我梦中的百花园
轻舟摇曳的思念
昨天已经成了彼岸

我站在辽阔的大草原
喝一碗马奶酒
挥马扬鞭壮志不减

我就是那巾帼女子花木兰

踏歌边关不畏烈烈风寒

追风饮露

只为与你在梦里深情相守

故乡的那条小河

故乡的那条小河
一直在生命中流淌

灵魂深处那蓝色的海洋
伴随着追梦的脚步
在心灵的一方净土
百转千回，奔腾不息
澎湃着不灭的激情

六月的天空
飘过故乡的云朵
那是我洛城的亲友
托白云送来深情的问候

七月的晨风
在远方向我招手
邀我回洛城
看看夏季的风景

我愿是那一朵莲

我愿是那一朵莲
开在墨香丹青的云水间
我愿是那一朵莲
摇曳在诗里的半亩良田
我愿是那一朵莲
岁岁年年
守望在人间的六月天
我愿是那一朵莲
碧水涓涓，轻风相伴
我愿是你琴上的弦
在四季轮回的光影里
与青山绿水共长天
我愿是那琴上的弦
为梦想唱响
天长地久的爱恋
为诗而吟
执手红尘

深情地守望着诗里春秋
大漠孤烟浩瀚
守望着心灵深处的
一方净土圣殿
爱莲惜莲,向美向善
心海生莲,喜乐无边

远去的青春

拈花的手指轻轻地

轻轻地划过

十九岁的青春

才知道

指缝间溜走的

不止是远去的岁月

蹉跎的时光

还有远去的青春

回首往事悠悠

光阴一去不复返

岁岁年年

长安城里度春秋

白云的缝隙里

隐藏着风儿的小秘密

青砖石板的书院

留下我青春的足迹

三味清茶煮诗意

水墨丹青有锦绣

古琴幽幽通天地

一曲高山觅流水

送你一片荷园

隐身于碧水连天的荷园
前行在仙风道骨的竹林
莲生雅韵,古琴入耳
清风徐徐,竹幽无尘

把一颗心
融入沧海云天
用心品味
莲墨生香的清雅曼妙

静静地
听蛙鸣看蝶飞
让荷塘把月色婉约成一首诗
勾勒成一幅画

竹林里琴声悠扬
歌声从远处传来
送你一个长安
送你一片荷园

仰望终南

仰望天空

你在呼唤着什么

仰望白云

你在等待着什么

仰望佛祖

你是否在寻求灵魂的归宿

仰望终南

你是否想起了故乡

仰望苍穹

你是否在寻觅一颗流星

仰望上帝

你是否想要心灵的救赎

仰望高山

你是否在寻觅梦中的家园

茶楼里：唱响人间大爱
——致"感动中国"人物王宽

您的善举大爱

感动了天地，感动中国

为养大六个孤儿

您放下身份不辞辛劳

走进茶楼去唱戏

台上，你苍凉开腔

台下，你给世人做了榜样

风里来雨里去

唱来了春夏秋冬

唱来了孤儿们

美好幸福的锦绣前程

你教育孩子们

要厚德，厚爱，厚善

你是春风化雨

用爱滋养温暖着

孤儿们幼小的心灵

你是不知疲倦的老黄牛
吃的是草,挤的却是奶
奉献自己,成就他人
你是天边最美的彩虹
用大爱给予了
六个孤儿们美好的前程
你是夜幕下的红烛
燃烧着自己,照亮他人
你是中州大地的脊梁
您更是河南人的骄傲

雨中畅游

当我再次来到大唐感业寺

这座幽静而又神秘的皇家寺院

四月里的最后一场雨

乘着一缕汉唐雄风

从千年前的大唐帝国穿越而来

漫步在这夜色的风雨里

我仿佛看见

那个叫媚娘的女子

以气吞山河的豪情

以排山倒海的壮举

步步惊心避开陷阱

铁腕扫清脚下的障碍

跨越囚禁灵魂的空门高墙

走向传奇的人生巅峰

你以巾帼不让须眉的

雄心壮志

走上了九五至尊的唐朝圣殿

颠覆了男尊女卑的封建思想
谱写了一曲
盛世长安里的华彩乐章
武则天，武则天
小小女子不等闲
千秋功过任人评说

那山

我愿意是那山上的

一抹暖阳

在月圆又缺的春秋里

温暖你脚步的苍凉

我愿做你窗前的

一缕月光

报答你所有的情深意长

深情守望你梦中的故乡

我愿意做那

山涧的一弯清清泉水

用仙露浇开你

心灵深处的那朵青莲

我愿意是你门前的那片桃园

在三月的风里

为你送上吉祥平安

为你送上烟火红尘里

最美好的祝愿

长歌当舞走天涯

在岁月的长河里
我愿化做一片云霞
在云天翩翩起舞
挥洒着帅性的光华
纵横在九州山河

长歌当舞潇潇洒洒
天马行空快意天涯
开启心灵的马达
舞动风中的长发

在江湖中行侠
在书香里煮茶
梦里曾采菊东篱下
邂逅陶渊明
岂不悠哉，乐哉，美哉

梦里故乡

又是一个三月天
草长莺飞清风飘逸着花香
三月的故乡油菜花儿芬芳

拆迁的家园在梦中回忆
废墟上的野草疯长着我的乡愁
漫延的乡愁在异乡的梦境里
把游子的脚步孤独

野狗在断墙的缝隙哀嚎
漂泊异乡的孤燕啊
找不到回家的方向
熟悉的那条小路早已改变了模样

花开又落
流浪的父老乡亲啊
让我用什么

抚慰你失去家园的孤独

三月里的乡愁
在他乡的屋檐下
苦苦地等待
等待着春风
安暖你我的乡愁

我的长安

从浮光幻影的长安回到洛阳
静静地坐在一棵老树下
与掠过耳边的夏风为伴
风儿它亲吻着我的笑脸
轻轻地对我诉说着
深情的依恋
漂泊半生的洛城女子
留下来吧,留下来吧
这里是你的家园
一起在波光的五月里
走进伊水,走进龙山悟道参禅
让岁月把沉淀的初心
雕刻成一朵幽香的清莲
忘却长安抛下终南
快快回到你久别的家园
长安啊长安,轮回的生命里
烙下了千年前那永久的爱恋

唐时的宫殿，壮美的诗篇

老祖宗留下了

一城文化，半城诗仙

采菊东篱，打马南山

终南净土处处是桃源

怎能忘却，怎忍舍离

长安啊，长安

你是天下诗人的圣殿

你是我心灵深处

最美的长安

你是我前世今生

寻觅的家园

你是我灵魂深处的碧海云天

乡愁如酒

乱世花开你为谁情迷
南飞的大雁啊
你为谁停留
红尘中的孤独客
你哀愁着谁的哀愁

为了梦中那片绿洲
你选择了一个人的孤独
为了生命中那份自由
你选择了一个人沙漠行走
把所有思念深深装在胸口
还有那无边的惆怅
如酒浓烈在心的尽头

一个人的漂泊饮尽那份孤独
陪着影子在风雨中慢慢游走
天涯孤独客

借今夜的酒他乡的月

饮着月光如玉的乡愁

来个一醉方休

可否解我思乡万般浓愁

月光下的紫丁香

月光下的紫丁香
幽静孤傲迷人
你没有牡丹的国色天香
也没有玫瑰的娇美艳丽
赏遍群芳
最喜欢的仍然是
那绽放在月色下的紫丁香
假如牡丹是皇宫里的妃子
玫瑰是朱门贵族的美艳少妇
而你就是平民百姓家里
素颜婉约娴静质朴的美丽少女
那一抹淡雅清新的美
沾着夜露的花蕊
深深把我吸引
月光下的紫丁香
你在我心中无与伦比的美
愿所有女孩
素心如兰优雅美丽

秋夜异乡情

乡愁是什么

乡愁是一碗水

乡愁是一杯酒

乡愁是一弯月

乡愁是飘在——

故乡的一朵云

乡愁是母亲的青丝

被岁月长河漂染成霜

乡愁是母亲的背影

不忍看——

多少泪水

把几多离愁淹没

乡愁是母亲千万次的叮咛

还有那——

儿行千里母亲的牵挂

乡愁

是母亲在秋夜的风中

盼我回家

回家回家

远方的孩子啊

你快回家

回家去看

咱们的爹和妈

一路芬芳

孤灯——
一个爱诗的女子
一个个性鲜明且有英雄气概的女子
一个从神都洛阳来到大唐长安的女子
带着爽朗的笑声
清新婉约的文字
捧一壶秋月
采一篮花香
剪一缕暖阳
洒一路芬芳
用心灵编织着
文字的美丽
迈着轻快的脚步
走进了人们的视线
款款走进了唐朝的圣殿
一个争议不断的——
洛城女子

一个有着爷们儿性情的女汉子
我依然是我
含笑傲然屹立
在大唐长安的诗海弄潮
一个打不垮的孤灯
一个坚强自信的孤灯

四月芬芳

当岁月的风沙
不经意间揭开那道伤口
鲜红的血色依旧
那上面长满四月的芬芳
一朵兰色的丁香悄然绽放

掬一缕清风吹散那忧伤
剪一寸月光把黑夜照亮
画一个太阳温暖我心房
摘一颗星星陪我入梦乡
寒冷的冬天改变了大地
让日月山河在风中哭泣

三月的风里
杨柳已悄然装扮了大地
看春雨在天空
洗刷蓝天的美丽

虽然冬意它仍不肯离去
可我已听见日月在大地
演奏那春天的旋律
邀你去穿越那春天的美丽

摘一颗星星陪我入梦乡
让如画的风景驻在心灵
乘着酒醉的月光邀请你
入驻我开满玫瑰花瓣的心房
共赴那地老天荒

迷路的小孩

迷失在黑夜的孩子
——别哭
让我来送你回家
迷失在风中的小孩
——别怕
让我来帮你找家
迷失在沙漠的孩子啊
让星星带你回家
家里有疼你的
爸爸妈妈
还有那月光里的童话
迷路的小孩啊
快跟着那春风回家
别让疼你的爸妈
在思念中把双眼哭瞎
迷失在风中的孩子呀

爸妈在唤你回家
回家回家
家里有疼你的爸妈

长安秋月光

剪一缕月光入睡

枕着那似水的光辉

让我在梦中回归

故乡的风景最美

剪一缕长安秋月

让故乡在月色里入梦

洛浦杨柳依依

龙门石窟壮美

伊水洛河神龟

童年在神话里陶醉

剪一缕月光入睡

让故乡在梦里约会

小调如雨

夜风凉

霜色朦胧

月上柳梢

无端愁

一杯酒

烈烈入口

如毒封喉

此刻——

思乡情正浓

千里外

山海远

乡音乡愁独怆然

问明月

心多远

夜半乡愁亦孤独——

辜负了这花好月儿圆的好时候

我给春天打个电话

我给春天打个电话
春风她吻着我的小脸颊
我给春天打个电话
春姑娘在雨中弹着
——吉他
滴答滴答
滴滴答答
春雨把心儿
轻轻敲打

我给春天打个电话
柳上绿枝发新芽
麻雀在枝头
叫喳喳
我给春天打个电话
让春风去看望
远方的他

让春雨把思念
悄悄地传达

我给春天打个电话
轻轻问候
我心中的他
你可听见那雨中的
——吉他
还有那春风
把你牵挂

等待

你就这样消失
——在我想你的那片绿洲

留我在
沙漠的尽头
苦苦把你等候
约定的季节里
你没有再来
我在写满惆怅的秋天里
徘徊——

纷纷飘落的叶子
又把思念的愁绪勾起
不知道我与你
今生能否再相遇

秋天的风像子弹
穿透我的孤单。
我在窗前等待。
谁能告诉我？
我等待的人啊！
是否还会
再来——

天堂里的父亲

没有了你的远方
我的诗歌就像
被风剪断了飞翔的翅膀

没有了你的故乡
我孤独的生命里失去了
一道为我遮风挡雨的墙

我不愿接受这残酷的现实
我不敢相信你真的离开了我们

就这样沉沦在没有你的世界里
悲伤着我的悲伤,回忆着你的音容

多少次从异乡的梦里哭醒
望着窗外的星空
我知道这一次您真的走远

我知道父亲您再也不会回来

父亲，那个给了我生命，养育我成人
一直在远方牵挂着我的父亲
在那个寒冷的冬天里
父亲永远地离开了我们

向英雄致敬

英雄——
当外敌入侵，犯我国土时
是你们用血肉之躯
筑成一道道钢铁长城
是你们用鲜血和生命
换来了今天的幸福和安宁

由衷地赞美您
我身后站着的这位英雄
您是中国人民解放军
一级战斗英雄
战场上
您的英雄壮举
激励着
战友们昂扬的斗志
您的英雄事迹
壮美成了

那个时代的传奇

英雄啊英雄

我知道是无数革命先烈

还有像您一样的战斗英雄

用血肉之躯铸就了

中华大地的万里长城

我们的祖国才有了今天的

繁荣昌盛，人民才有了

今天的和平、安宁幸福的生活

满怀深情赞英雄

英雄啊英雄，你们才是

真正的中国脊梁

你们才是这个民族的精气神

你们是国家的功臣

你们才是人民最爱的人

每一次见到英雄

敬意便从心底油然而生

向我身后的这位老英雄致敬

向所有保家卫国的军人们

向所有的英雄们，致以崇高的敬礼

备注：致人民功臣——中国人民解放军一级战斗英雄马升云

向祖国致敬

70年是一首
激动人心荡气回肠的歌
70年是一幅
砥砺前行雄伟壮阔的历史长卷

70年是一首激情澎湃的诗歌
70年前我的祖国
你意气风发走过战火硝烟
穿过黎明前的黑暗
高举着一面鲜艳的五星红旗
迎风招展唤醒了神州大地

70年的风云巨变
写满了岁月沧桑
70年是一部
史诗般的历史长卷

70年的艰苦创业

有这样一个群体叫民建

他们不忘初心，牢记使命

高举中国特色的

社会主义伟大旗帜

紧跟时代脉搏

肩负着神圣使命

怀着对中华民族深深的爱

积极履行参政议政

祖国母亲70年的艰辛历程

神州大地发生了翻天覆地的变化

民建人参与了新中国的建设

也见证了我们的祖国母亲

你从贫穷走向了繁荣富强

西安民建人承前启后，积极参政议政

反映社情民意，维护社会稳定

为推进我国现代化进程

为把我国建设成为富强民主国家

为了共同的中国梦

西安民建人做出了巨大的贡献

传承老一辈西安民建人爱国

革命的光荣历史

西安雁塔民建人用自己的行动

向国家和人民

交出了一份满意的答卷

扶贫帮困的路上

济弱救灾的现场

哪里有需要

哪里就有

我们民建人的身影

70 年的风云历程

雁塔民建人不忘初心

牢记使命，砥砺前行

让我们携手并肩，心怀感恩

让我们用赤子的深情

向我们伟大的祖国母亲

70 年华诞献礼

向中国共产党致敬

向人民致敬，向祖国致敬

清明祭英魂

今夜
谁的孤独寂寞如风
今夜
我的悲伤逆流成河
今夜
谁的日记在深夜里哭泣

今夜
谁的诗歌在清明夜
奏响了一曲
叫人热血沸腾
肝肠寸断
荡气回肠的英雄
赞歌

悲壮，苍凉
回荡在山河大地

英魂不死，浩气长存
日月不语，天地同悲

长歌当悲祭英魂
青史铭记万古垂

梧桐花开的故乡

你说梧桐花开的时候
你会在故乡的春天里
跟着春天的节拍
为我跳一支爵士舞

你说在每一个
月亮升起的夜晚
你会踩着银色的月光
来到儿时的小河旁
为我唱一曲
家乡的民谣

你的歌声
穿过万水千山
穿过空旷的原野
直抵我的心田

我常常在黑夜里
听见故乡的山山水水
把我深情的呼唤

梦里我聆听着你的歌声里
找到回家的方向

浓郁的乡音，乡情
那早已溶入血脉里的
家乡小调
流淌着每一个游子
魂牵梦绕的乡愁

离开家那么多年
走了那么远
才知道
故乡中原的那片热土
是我最温暖的港湾

通往春天的路

多么渴望摘下口罩
去尽情呼吸
那属于春天的气息

草长莺飞的枝头
明媚了我的眼眸

那一朵朵
桃花在风中翘首
而我却只能
在春天里做个囚徒

门外的病毒
张着血盆大口
谁来把这个春天救赎
谁能给我向往的自由

此刻通往春天的路

被病毒截留

今夜我把我的孤独

化作一条寂寞的河流

让它带着我的心儿

去远方漂流

四月暖阳

多么希望一梦醒来

轻轻推开窗

就能看见四月的暖阳

看见你的笑脸

病毒像一个

看不见的幽灵

在五湖四海游荡

口罩外的春天

清风徐徐扑面而来

忽远忽近的病毒

依然徘徊在十字路口

望着窗外

随风摆动的杨柳

而我却不能

去触摸你风中含羞的笑脸
不能去亲吻
这个明媚的春天

多么希望与你相遇
在这人间醉美的四月天
多么希望一梦醒来
病毒这个魔鬼消失在人间

多么希望摘下口罩
哭泣的山河不再流泪
多么希望大地啊,母亲
你露出久违的笑脸

多么希望
在结满丁香的小巷
幸福像花儿一样
在诗意的春天里绽放

回家的路

我一直在寻找
寻找丢失的自己
我一直在寻找
寻找迷失的美好

我一直在寻找
寻找丢失的那颗心
我一直在寻找
寻找着回家的那条路

时光匆匆如水流
问一声白云
你把我的心藏在了哪里

我问起舞的清风
我的心是否迷失在
你三月的梦里

通往故乡的那条小路早已被拦腰封喉
回不去的故乡是我梦里永远的伤痛

走了这么多年
我从未迷失在他乡的繁华中

梦里梦外
不知道是故乡抛弃了我
还是我忘记了回家的那条路

而我的相思依然会
挂在三月的枝头
随风摇曳着我的乡愁

长安的月光下
谁在轻声诉说着
对故乡母亲的牵挂

第二辑　江湖飘零明月心

诗人孤灯

张凤鸣

　　诗歌并无高下之分，却因为境界的大小不同，给人拿去评论，或者是好，或者是坏，然而诗歌本身是不存在差异的，题材多变，韵律也可转使。然而若存在断章截句，拼凑之现象，自然不在"诗歌"之门，也自不必以诗歌之要求去评论。

　　　　今夜请收起你的眼泪，
　　　　收起你的伤悲，
　　　　让月光陪你，
　　　　醉一回。

　　这几句节选诗人孤灯的作品《写给醉酒的朋友》，我开始并没有酒醉，之后也深深藏在醉意之中了。每一诗句都包含着浓浓的情，像是这冬季里一杯暖暖的热茶，可饮可品。

　　诗歌中的气质、格律、神韵，需承载着意境，境界层上，一步一重天。以作品《诗里春秋》为例，大可浅谈境界。作者立意，必有其情，而情之所至，古诗词多有特定意象，故而所立之意，需选合乎其情之象。若离别之情，折枝杨柳；思念之情，锦书南雁等。意境之大小，关乎作者本身之所感所想，胸怀之宽广，"诗里春秋，无关风月。"大有宋严羽《沧浪诗话》中句："诗有别趣，非关乎理。"欧阳公之《玉楼春尊前拟把归期说》中句："人间自是有情痴，此恨不关风与月。"此中境界，济济穷乎于理。

诗里的纯洁，

张扬着灵魂的自由；

诗里的悲愁，

呐喊着心灵的孤独；

诗里的喜乐，

抒写着诗人的春秋。

诗里的春秋，

无关风月。

对于"写诗"与"诗人"，有人喜欢别人称自己"诗人"或者自己称自己"著名诗人"，有人喜欢写诗却不敢自己称自己"诗人"，孤灯就是后者，自己喜欢看好诗好文章，喜欢把写诗的人称谓"诗人"，自己爱写、爱学，只是自己的兴趣，作品的好坏，跟名声都是带给人幸福的，就一笑了之了。浮名就像是浮云，风一来被吹散了，风停了，还会有新的浮云，怎么样别人能幸福多一点，我们能给，就多给一点。

孤灯以诗歌而得名，然而其散文，小说作品，却是我最欣赏的。散文作品《下雨的早晨》，虽然篇幅不长，语句平淡，一场雨，描写出作者对劳动人民的关心，怜悯之情，"谁知盘中餐，粒粒皆辛苦"。

小说代表作《乡邻》，是一本章回体中长篇小说，用语朴实敦厚，展现出作者故乡神都洛阳老一辈人一生的坎坷、转变；同样也描绘出一幕幕底层劳动人民的辛酸生活场景。对人物性格，心理捕捉极尽到位。

　　生活中的孤灯，总有一份温暖的宽容之心，自己生活虽也清苦，却常不遗余力地帮助着后辈晚生。这是当代人所欠缺的品德，这些或许并不能完全塑造出孤灯的心理；华丽柔美可以形容一些外在的视觉感受，然而孤灯并不合适这样的形容，豪爽耿直间的爱憎分明却是给我最深刻的印象。

诗人孤灯其人其事其文

程安鹏

女诗人孤灯原名叫孙香芹。认识她是在2014年，我未见其人而读其诗才了解其人其事的。

我喜欢小说散文多于诗词，多年前写过许多诗作，因为文化水平较低，一直在努力学习中。近几年，我上网时在QQ里的一个诗词群见到一个叫大漠孤灯笑红尘的诗友，经常发一些诗文，这个好霸气的名字首先吸引了我，于是闲着无聊也看看她的作品，读过几首觉得不错，文字细腻，灵动，耐人品读。于是我与她聊了起来，也加了好友，经常去浏览她的空间动态。许多时候，我被她的诗作深深吸引。诗的审美高度因人的品位而升华，那些油然而发的情感有喜、有忧、有歌、有泣，扣人心弦。她构建的意境宽广博大、虚实妥贴，大气而虔诚。她的诗作《长安颂》《诗里春秋》《秦地忠魂》《月光下的紫丁香》《长安女子》等无一不让我折服。作为一位文学爱好者，我是一个不服输的人，别人能写得那么好，我为什么不能呢？努力学习这么多年，是该到写出东西的时候了，我不想长期当个观众，我想我可以成为演员，去演绎我的精彩人生，不为名利，只为开心快乐地度过每一天。

上网时间长了，孤灯与我语音聊天，也经常聊一些生活及写作中的常见问题。我感觉到孤灯是一个热心的人，她的热心是真诚的。我在千禧年写有三百多篇日记体散文，我把它定名为《情感人生》，我在其中的许多篇章中说：我喜欢真诚的人，希望世间每一个人都是真诚的，真心对待每一位朋友，人的一生是短暂的，是应该幸福快乐地度过的。因为孤灯的真诚，所以我们就一直聊着走了下来。

2016年4月份陕西文化网艺文社成立，诗人孤灯盛情相邀，我参加了艺文社成立筹备大会，才与她初次相见。每次见面她总是嘘寒问暖，她这种热心让人心里暖融融的。

艾青在他的《诗论》中说："忠实于自己的体验是诗人遵循的法则，也道出了怎样才能成为一个诗人的真谛。没有个性的诗人是悲哀的，独特的个性和情调的一致是诗人成熟的重要标志。一个作家的审美能力是很容易从他的作品里发现的，当他选取题材，对于文字展呈的颜色、声音需要调节的时候，我们就了如指掌地看见了作者的修养。思想力的丰富必须表现在对于事物本质上的了解和热心，以及对于世界、人类命运的严肃考虑上。"

一个对世界对生活不热心，不了解，漠视人生的人是写不出好文章的。诗人孤灯是一位多产的诗人，每一天都能写出许多诗作。生活是诗，面前的一切在她眼里皆可为诗，一个不热爱生活的人眼里有诗吗？她关心身边的每一位朋友。菜市场的小商小贩，路边的小乞丐，孤寡老人，留守儿童……那许许多多的弱势群体也是她写作的对象。她希望通过写作能让那些受苦受难的人们引起社会的更多关注。

记得她写过一首《奇遇风陵渡》的诗，那是她回老家路过山西风陵渡时，在村中遇到一位弯腰驼背的老人后写的。她们一行人在村中见到一所年久失修、摇摇欲坠的老房子，想与老房子合个影，不想房子里居然住着一位年过七旬体弱多病的老人，老人无儿无女，靠政府每月的一点救济款艰难度日，她们看到此情此景无不伤心落泪，忙把随车所带吃喝全送于老人，并说有时间会再去看望老人。中国人口众多，家境贫寒无依无靠的人很多。一个素昧平生毫不相干的人，她都能有此爱心，可见她胸怀之宽广，为人之热情坦诚。

诗歌永远不变的写作方向是向真、向善、向美，写作过程是检验善恶的过程，去恶留善，才能保持不变继续行走。当下的中国诗人众多，可真正有个性的诗人不多，这就要诗人们拿出自己的风格，写出自己的特色来。

生活中的孤灯是一个风风火火的家庭妇女，她老家是河南洛阳人，却跟随丈夫久居西安多年。许多时候，她穿梭于洛阳与西安之间。我喜欢用风风火火这个词去形容她，因为她做一些事总感觉很急，可这种急性子人的做事是沉稳而细致的。她匆匆而来，匆匆而去，似风。她有一颗赤诚的心，对待朋友似火。她很少去考虑自己的得失，她喜欢结交那些重情重义的朋友，也唯愿世间所有的人都能够成为朋友。

孤灯在诗的殿堂里穿梭忙碌着，因为爱好，她坚守着自己的阵地。她写诗不是为了成名成家，更不是为了得到稿费，她也没有得到许多稿费，更不可能养家糊口。文学是神圣的事业，因为爱好，为其献身，她无怨无悔。然而她风风火火的为诗为文奔波，去参加并举办多次诗会，时间长了，难免出些风头，让有些人心生忌恨。但走自己的路，活出精彩，活出自我，无愧于人生，对得起天地良心，这也是她的座右铭。

因为孤灯是一个风风火火的人，所以她写出的作品没经过沉淀很快就在各大网站投稿发表了，许多作品没有细细斟酌，在一些用字用词上还不够精准。生活中的语言并不是诗的语言，诗人在写作过程中，根据内容、情绪的需要来选择语言。如果她能静下心来，不急着先去发表作品，把写出的作品搁置一段时间，再去品味、修改，其意境还会有更多的提高。

孤灯是热心的人，对人对事都是热情的。我们这个社会缺少热心、热情，希望诗人孤灯能写出更多更好富有正能量的好作品来，我们期待着。

六月的风点燃你我的爱心
——孙香芹诗歌读后感悟

崔彦

六月的风点燃你我的爱心。这句话是孙香芹大姐在一首诗后边的注解。她呼吁人们给干渴的树苗浇点水，不要践踏路边的小草。她把流浪的儿童抱在怀里，把走失的妇女送回家。她嵌入诗行里的点点滴滴，温暖人生。

"诗歌是一个人的心灵秘史"，可是从孙香芹大姐的诗集里你看不出一些隐秘的、隐晦的、潜藏的东西。她的诗歌可以说是一部"公开的情书"。这部"公开的情书"里有酣畅淋漓的大爱，对祖国对人民，对故乡的热爱；有她作为个体的感伤和命运的抗争，听到她心底的呐喊，那些疼痛，那些伤痕会唤起大家的爱心和尊敬，于是我拿起手中的笔，写下自己的感悟。

顺畅通达是她诗歌的一个特点。有人说诗歌要有意象，要有暗喻，要有象征，要有张力，要有起承转合等特征。如果达不到这些特征就不是诗歌或者好的诗歌。诗歌不是八股文，也不是书法，有那么多章法和规矩。但是诗歌需要深刻的情感和深刻的感悟。看似一首很简单的诗歌，也许是诗人很长时间的积淀与反复的咀嚼、推敲而成。因此我们不能轻易地否定一个诗人，不能轻易去否定一首诗歌。孙香芹大姐正在很勤奋，很用心地写诗，我们应该给予无私的帮助，热情的鼓励。世上有高山，有河流，有大树，有小草，有蝴蝶，各有各的风景，各有各的特点，有些散淡的风景，弯弯的溪流，悬崖上的雏菊可能更加耐人寻味，回味无穷——这样的语言在孙香芹大家的诗歌里能找到很多。比如，"六月的风点燃你我的爱心""醉人的一壶乡愁""灵魂在思乡的小河里漂流""把回忆撕裂成无法缝合的碎片""为什么不肯离开这片贫瘠的土地／因为有海一样的深情在心底澎湃"，这些都是充满诗意的语言。诗意的语言多了，诗歌的诗意就浓了。我相信以后这样的语言在孙香芹大姐的诗歌里会越来越多的。

爱憎分明是她诗歌的又一特色。有人说诗歌是艺术品，有艺术的高度。需要玉树临风，一尘不染的唯美。但是忽视了诗歌的本质，诗歌的本质是不平则鸣和参与社会。在诸多文体中，诗歌是最厉害的枪炮，它能直插心底，激起共鸣。在孙香芹大姐的诗歌里大量存在着对真善美的向往与追求和对假恶丑的抨击与揭露。比如，"当政客变成了嫖客／当鹦鹉被割去了舌头""不要以为穿上名牌衣服／就能掩盖你发霉扭曲的灵魂""高明的演技曾一度把你我的眼睛蒙蔽／狐狸的尾巴快要暴露在阳光之下"等诗句语言犀利，非常直接，像一把锐利的尖刀，戳向丑恶者的胸膛；反之对故乡的爱，对母亲的思念，对诗歌的热爱又是那么殷切而缠绵。"母亲的眼神穿过杨柳依依的洛河两岸／穿过高山／四季的冷暖／穿过黑暗的地平线"把这个游子领回了家。有其人必有其诗，生活中的她也是这样的，风风火火，雷厉风行，路见不平一声吼。

诗歌不是写出来的，是活出来的，是生命里流淌出来的语言，我常常这么说。不是谁想把诗歌写成什么样就能写成什么样的，在诗歌面前我无法把握自己，更不好把握别人，但给予一个爱诗的人、写诗的人一些鼓励和温暖是我能做到的，仅以此篇粗浅的认识送给爱诗的人，送给我的姐姐孙香芹。愿她在诗歌路上走得更远。

陕西名家评香芹

　　这是从孤独的心灵深处发出的心声。它是忧伤的，又是快乐的。忧伤中的思念，向往和快感是歌者的创作动力，也构成了读者最想得到的精神元素。孙香芹努力了，也印证了！

雷涛

　　孙香芹用她的执着坚持着诗的写作，用她的激情抒发着对三秦大地的赞美。在她的笔下，既有对古老长安、唐风汉韵、传统文化和现代文明的自豪与颂扬，也有对乡音乡愁、亲朋挚友的情感流淌。愿香芹放飞诗的梦想，勇敢地向着诗峰攀登吧！

蒋惠莉

　　读孙香芹的诗，如临海涛，那力量带着咸味儿，又辐射着鲸腾的律动。丰富的是人生，丰满的是情怀，全在大处着眼。

孙见喜　陕西著名作家

　　香兰淡菊铸高品，
　　雅室浓韵调素琴。

香芹诗歌，驰意而思飞，缘情以绮靡。张如开窗放江，鸣涛涌怀，巨澜在眼；敛则细流出谷，涓涓潺潺。动则云蒸霞蔚，春温怡人；静以山涧明月，清辉无碍。一卷在握，回味不尽。

杨焕亭　著名作家、原咸阳作家协会主席

诗歌是真性情的流露，发乎情、动于心、诉诸文字就成了诗。一个异地女子，客居长安，将自己的乡情、幽怨、爱憎乃至于愤懑用文字表述出来，便成了一粒粒明心见性的珠串。虽说，这些珠粒还有些朴拙，但其中的透亮与晶莹也不时隐映出来，给人们留下清新的气息。我想说，在诗歌创作上，孙香芹是近几年长安诗坛一颗冉冉升起的新星，若要在这条道上走得更远更长，那就要坚守自己，不改初心，保持固有性情，一如既往地发出自己的声音。

姚逸仙

江湖飘零明月心
——《孤帆远影》后记

诗集《孤帆远影》终于出版面世了，想说的话太多太多，想要感谢的人也太多太多，一时竟不知从何说起。风扫梧桐长安夜，雨打芭蕉明月心。望着厚厚的书稿，回想自己漂泊古城长安的日日夜夜，泪如泉涌，心如刀割，喜悦与伤痛相互交织，让我与诗歌执手相看泪眼，竟无语凝噎。该书最初的书名叫《孤灯心语》，从2015年4月开始整理这些年零零散散写下的诗歌，决定把《孤灯心语》改作《孤帆远影》，朋友们都认为"孤灯心语"太忧伤，给人以凄凉的感觉。相对而言，"孤帆远影"这个名字会更有诗意些。但是，"孤灯心语"确是我心灵深处的倾盆泪雨，长歌一曲谁我与共？

那年19岁的我，受台湾作家三毛一些文章的熏陶，年少的我就像着了魔，义无反顾地背起行囊，坐上绿皮火车离开故乡洛阳，一路向西，来到这座历史悠久的文化名城西安。漂泊长安的岁月里，一个人租住在城中村，城南城北地奔波，南郊的八里村、后村，北关纸坊村住得最久。闲暇时骑一辆破旧的自行车，穿梭在古城的大街小巷。大雁塔、钟楼、古城墙，这些都是我最喜欢去的地方，我用脚步丈量着棋盘式的街道，我以一个游子的情怀去解读这座美丽的历史文化名城。

异乡的孤独岁月，我爱上了文字，爱上了读书。成为作家一直是我的梦想，1991年，《女友》杂志社在原公路学院举办文学创作班，我有幸成为著名作家莫伸老师的学生。从老师身上学到了很多书本里学不到的知识，做人低调，诚实善良，使我受益终生。

1993年结婚成家后，多年的婚姻生活让我彻底变成了家庭"煮妇"，放弃了自己的梦想，放弃了书本，也失去了自我。后来，一纸离婚协议书，解散了我苦心经营十年的家庭。从民政局出来，我整个人像木乃伊一样，泪已干，花已残，风萧萧，路漫漫，家在哪里？路在哪里？那种独在异乡为异客的孤独和无助感，时常让我长夜难眠、寝食难安。

没有经历过的人，永远也体会不到内心的孤独与恐惧，冷静下来后才发现不能沉沦，不能让自己变成尘埃。走出围城的我一无所有，一切归零，像城市里无根的浮萍，又开始了艰难的漂泊。最初的几年常常因为想念儿子，在夜半的梦里哭醒，大人的过错却让年幼的孩子饱尝分离之苦，那时经常把自己灌醉，终于，决定逃离这个伤心地，一个人流浪海角天涯。一个月后，忍不住对儿子刻骨铭心的思念，又回到了西安。家里人都劝我离开西安，回到故乡重新开始生活。倔强的我没有听从亲人们的劝告，执意留在西安，心里只有一个想法，无缘陪伴孩子成长，至少我要留在这座城市把儿子遥遥守望。无数次扒在幼儿园的门缝外，看着弱小的儿子，我心疼得泪流满面。当年幼小的儿子现在已经是1.85米高的大小伙，成年后的儿子阳光、自信、善良，他丝毫没有怨恨我这个妈妈在他年幼的时候就离开了他，而今留学国外的他，每一次回国，都会买一大堆东西来看我。虽然，命运让我在漂泊长安的苦酒里，饮尽了思亲的孤独，遍阅人世间的冷暖沧桑，但看到孝顺的儿子，我一切都释然了。

在我人生最迷茫痛苦的时候，是文学之梦，在黑暗的夜里给我点亮了一盏心灯，陪伴我在孤独中前行，照亮温暖了我暗淡的生命。从书里汲取营养，在诗里抒写生命的喜怒哀乐，以本真的心灵笑对人生的风霜雨雪；很多外地文友通过文字认识了我，是诗歌给我插上梦想的翅膀，是诗歌给我心灵搭起了一座七彩纷呈的桥梁，是文字让我有幸与陕西很多文坛名家结缘。令我感动万分的是，很多老师在我艰难的创作之路上，都曾给予我无私的帮助，引领我一步一步迈进神圣的文学殿堂。

重拾起笔再上路，感慨万千，婚后十余年的大好时光，把自己圈在围城做主妇，围着柴米油盐酱醋茶，老去了芳华，暗淡了春秋，失去了自我。梦醒后，我重拾自信，还我梦想。乡下人最真的原色初心始终不改，那就是黄土一样淳朴和善良的本色。西安是诗风浓郁、文风厚重的文化名城，隔三岔五我就会接到各类诗社的邀请，参加诗会笔会。在那群环佩叮当飘逸似仙的女诗人堆里，常常会因为自己的衣着老土，而感到自卑，好在这些才女们都有一双善良的慧眼，让我欣慰的是，她们并没有嫌弃我这个行走在诗里长安的洛阳乡下女子。我的诗歌也像我本真的个性，散发着泥土的芬芳，带着绿色田园的清新气息，得到了大家的认可。

人生难免会遇上世事江湖里的刀光剑影，难免会受伤，高尚常常被渺小所攻讦，君子常常被小人所伤害。万幸的是我因自己的单纯，收获了许多良师益友，也收获了善良的人性之美，收获了一筐筐满满的感恩与感动！感谢人生路上对我指点帮助的朋友，因为有你们的鞭策时常激励着，我更加坚定了自己的信念，用心灵诗歌奏出生命的凯旋。时光就在行云流水般的岁月里穿梭，回望过去的大半年，五味杂陈，感慨万千。无论是家人或是朋友，有些情越来越淡，有的人越走越远，直到淡出了视线。不知道是谁说过，生活就像条河，泥沙俱下大浪淘沙，能留下来的才是金子，能陪你一直走下去的人，才是生命中真正的朋友。

再一次衷心感谢陕西文坛那些德高望重的老师们，他们在文学道路上，给予我无私帮助，常常让我感动落泪，我也在大师们身上学到了很多东西，他们不世俗不媚俗，身体力行传播文化，也传承了传统文人的美德，文坛上他们都是铮铮傲骨一身正气。而对于我这样一个后来者，很多老师都是力尽所能地帮我，平易近人，丝毫没有某些名人的架子。说到感谢不能不提到几位老师，著名文化学者孙见喜老师，著名作家王海老师，著名作家杨焕亭老师，著名诗人徐敏大姐，他们在我从文的道路上，都无私给予我很大的帮助，他们不但关注我的作品，发现问题及时给我指出来，也教我为人处世的道理。正是太多太多像他们一样的老师，推着我一路向前，我始终认为我能有今天，不是我的诗歌写得有多好，而是我比别人更加幸运，有幸认识这些大师们并得到了他们的认可。

特别感谢西安外事学院黄藤院长，他在百忙之中为我的诗集书写评论，感谢一直以来默默支持我的六艺文学社所有的文友们。感谢那场失败的婚姻，让我学会了自省和宽容。感谢西安这座温暖的城市，成就了孤灯，成就了一个异乡女子的文学梦。感谢为我写序的著名军旅作家贾松禅老师。

诗歌创作一路走来，我要感谢我的二哥，他在我从文路上对我的影响最为深远。清楚记得当年哥哥应征入伍，他当兵走后留下了一大纸箱的书籍，当时年少的我如饥似渴沉浸在那些书里，是那些书籍给一个乡村女孩的心灵打开了通向远方的大门。从书里，我认识了外面的世界，知道了洛阳之外的西安比我的家乡大得多，那里有钟楼、古城墙、大雁塔。当我背起行囊离开故乡的时候，我清楚地知道我要到哪里去。西安是我梦中的精神家园！而今，二哥早已是国内知名的评论家、杂文作家，而漂泊在西安的我，默默无闻跋涉在唐风汉韵、诗意芬芳的长安城，就像古城墙缝隙里一株小草，没有鲜花的美丽，没有大树的巍峨，却拥有一抹绿色的诗意让心灵芬芳。感谢上苍，让我在人生最迷茫的时候，找到了方向，是文学之梦，在黑暗的夜里给我点亮了一盏心灯，陪伴我在孤独中前行。

在这里，感谢认真读完这本书的文友以及读者朋友们。这本诗集不是精品，但一定是接地气的！如果说名家的作品是一道色香味俱佳的美味大餐，那么我的这本诗集，就是一道带着山野气息的农家小菜。吃惯了大餐的文朋诗友们，不妨进来看看俺诗里的农家小菜。一把香芹赠长安，明月禅心照洛阳！